El tesoro
de Barbazul

EDITORIAL

Editorial Bambú es un
sello de Editorial Casals, S. A.

© 2010 Àngels Navarro,
para el texto y los enigmas
© 2010 Mariona Cabassa,
para las ilustraciones

© 2010, Editorial Casals, S. A.
Tel.: 902 107 007
www.editorialbambu.com
www.bambulector.com

Diseño de la colección: Miquel Puig

Primera edición: septiembre de 2010
ISBN: 978-84-8343-120-7
Depósito legal: B-28.674-2010
Printed in Spain
Impreso en Índice, SL,
Fluvià, 81-87. 08019 Barcelona

EL TESORO DE BARBA-ZUL

TEXTO: **ÀNGELS NAVARRO**
ILUSTRACIONES: **MARIONA CABASSA**

Los piratas, ahora, ya no son como los de las películas y las fiestas de disfraces, pero la historia que voy a contaros sí que es de aquellos piratas y sucedió en una época en que los mares del Caribe eran transitados por barcos de comerciantes que encontraban allí su fin, entre las grandes barreras de coral, los bancos de arena y los barcos piratas. Era una época en que también los mares estaban habitados por criaturas gigantes y fantásticas: dragones marinos, serpientes descomunales, bestias monstruosas y un sinfín de clases de peces y terribles animales de mar.

Barbazul –el protagonista de esta historia– era un pirata diferente a los demás. Desde que era pequeño se sentía atraído por el mar, pero no sabía cómo había llegado a ser pirata, porque de pirata no tenía nada: ni la pata de palo, ni el garfio, ni el parche en el ojo, ni la bandera negra con la calavera. Pero lo peor es que jamás había conseguido encontrar ningún tesoro.

En los diez años y pico que llevaba en la profesión de pirata, ni siquiera se había cruzado con un solo barco ni había podido pronunciar la frase:

¡Al abordaje!

Las cartas náuticas que trazaba lo conducían irremediablemente hacia lugares solitarios, como si el destino quisiera alejarlo de las peleas. Pero ya le parecía bien porque no le gustaba atacar barcos; ni tan siquiera tenía una arma. Tampoco había encontrado ninguno de los tesoros sumergidos que llevaban los barcos que embarrancaban en la zona. Navegaba con su barco y su loro, Musgo, tan ricamente.

Barbanegra, Barbarroja y Barbablanca –sus compañeros de profesión, que no de tripulación, porque Barbazul navegaba solo– comentaban que era un pirata de pega, que deshonraba las normas de los piratas y que todo se debía al color de su barba. Pero él siempre había oído decir a su madre que tenía la barba de color azul de tanto mirar el mar cuando era un niño.

Como no tenía dinero, porque nunca había robado ni encontrado ningún tesoro, tenía que espabilarse para encontrar comida, y todos los días, en cuanto salía el sol, Barbazul lanzaba su caña de pescar al mar. Entre las idas y venidas del agua, siempre había algún pez que picaba, unas veces tenía suerte y eran grandes, y otras eran más chicos. Pero un día, pescó uno que cambió su destino. Al hacerle unos cortes para cocinarlo a la parrilla, vio que dentro tenía un trozo de papel arrugado y mojado.

Evidentemente, Barbazul lo desplegó y, en cuanto pudo observarlo bien, exclamó:

–**¡Es el mapa de un tesoro!** Pero, ¿dónde debe de encontrarse este tesoro?

Barbazul no pudo quitar ojo del papel durante todo el día, pero fue incapaz de entender los símbolos que encabezaban el mapa. Musgo también lo miraba atentamente, como si quisiera averiguar algo. Pasó tanto rato que el sol se escondió y él, agotado, se quedó dormido en su hamaca de proa.

Isla Trampa

Si tachas todos los grupos de cuatro flechas orientadas hacia el mismo lado, quedará solo una que te conducirá al gran tesoro.

¿Lo has resuelto? Coloca un papel vegetal encima de los signos dibujados y con un lápiz completa las letras medio borradas. Entonces, sabrás en qué isla está el tesoro. Para conocer el lugar exacto del tesoro, debes seguir las instrucciones del mensaje.

Barbazul llevaba un día entero dándole vueltas al mapa; continuaba navegando por los cálidos mares del Atlántico, pero al mismo tiempo no podía dejar de pensar en todos aquellos signos desdibujados.

–Parecen letras borradas por el agua. Primero, tacharé las flechas, para descubrir dónde se esconde el tesoro. Vamos a ver, ya lo tengo... la roca, sobre la roca, bajo la roca, en algún lugar cerca de la roca tiene que estar el tesoro, pero, ¿dónde está esa roca? Isla, árboles, lago, calas, tortugas, tortugas, isla..., **Isla Tortuga**, eso es lo que pone, son letras medio borradas: i, s, l, a, t, o, r...

Rápidamente, viró la nave rumbo a la isla. Pero lo que no sabía Barbazul es que aquella isla y su tesoro estaban custodiados por el Dragón de las Tres Cabezas.

Navegó dos días y dos noches y cuando estuvo cerca, paró el barco a una cierta distancia de la playa, desenfundó su catalejo y observó.

Todo estuvo en calma durante el día, pero de repente, cuando caía la noche, el ojo derecho de Barbazul pegado al catalejo fue testigo de la cosa más tremenda que había visto jamás:

Como en medio de una especie de remolino que manaba del mar apareció un dragón con tres cabezas. Al verlo, Barbazul se quedó de una pieza, asustado de veras. Jamás había visto algo parecido, era una bestia inmensa. Entre los hombres de mar y los navegantes, corría la leyenda del Dragón de las Tres Cabezas, pero él nunca se había creído esa historia, y ahora lo tenía delante.

Nuestro valiente pirata –porque se tiene que ser valiente para ver una cosa tan espantosa como aquella y no huir a todo correr– maniobró el barco en silencio hasta atracarlo en un lugar donde no lo viera el dragón. Sacó coraje de donde no había, encendió una lucecita, subió a su bote y remó en dirección a la isla. Musgo permanecía sobre su hombro sin chistar. El dragón, desde lejos, distinguió la presencia de un ser humano y se puso a la defensiva. Barbazul sacando fuerzas de donde pudo empezó a hacer señales con los brazos y la lucecita, y gritó a pleno pulmón:

–¡Hombre de paz, hombre de paz!

–¿Hombre de paz? ¡No me hagas reír! –dijo una de las cabezas del dragón.

–¿Desde cuándo un pirata es un hombre de paz? –añadió otra de las cabezas.

–¿Qué buscas en esta isla? ¿Ya sabes que este es mi territorio? –dijo la tercera cabeza.

–Yo, yo... he venido buscando el tesoro –tartamudeó Barbazul.

–Ja, ja, ja, la isla está llena de cazadores de tesoros que ahora son mis prisioneros. Nadie ha encontrado todavía el tesoro, y no creo que seas tú el héroe que lo consiga –dijo una de las cabezas del dragón.

–No tiene pinta –añadió la segunda cabeza.

—Mira, como has sido sincero y valiente, tendrás que superar tres pruebas que te conducirán hasta donde se oculta el tesoro. Cada una de mis cabezas te pondrá una prueba y si las resuelves todas correctamente permitiré que salgas de la isla con el tesoro más importante del Caribe. Pero si no eres capaz de resolverlas, serás mi prisionero para siempre, y jamás conseguirás salir de aquí, como los demás que lo intentaron antes que tú.

—De acuerdo, acepto el reto —dijo Barbazul.

—Mañana por la mañana, en cuanto salga el sol, nos vemos de nuevo aquí.

Y el Dragón de las Tres Cabezas desapareció en pocos segundos como si se lo hubiera tragado el mar.

Barbazul volvió con su bote al barco presa del terror. Pasó la noche entera en vela, contemplando las estrellas y paseando por la cubierta. Musgo le acompañaba, como siempre.

A la mañana siguiente, Barbazul llegó puntual a la cita. El dragón emergió de las aguas y le dijo:

–¿Estás preparado? La primera prueba es el comienzo del itinerario que te conducirá hacia el tesoro. ¿Ves estos tres caminos? Pues están escoltados por tres camaleones. Los tres camaleones son mentirosos, no dicen nunca la verdad. Para saber qué camino escoger tendrás que responder correctamente.

Barbazul y Musgo se acercaron al camino de la izquierda, aunque estaban muertos de miedo. El camaleón naranja dijo:

–El camino del medio te conducirá hacia el tesoro.

El pirata se dirigió hacia el camino del medio y el camaleón amarillo dijo:

–Mi camino es el acertado.

No parecía difícil de adivinar, pero todavía le quedaba el camaleón azul. Se acercó al último camino para escuchar que le decía:

–El primer camino que has escogido es el correcto.

Ahora sí que estaba hecho un lío; tenía que pensar un buen rato, si fallaba no conseguiría su objetivo: el tesoro. Se hizo silencio y a continuación Barbazul, con total seguridad, dijo:

 Antes de que responda Barbazul,
¿puedes hacerlo tú?

–El camino correcto es el tercero, el que se encuentra a la derecha y voy a justificarlo. Si empezamos por el camaleón amarillo: él afirma que el camino correcto es el suyo, pero como está mintiendo, este camino queda descartado. El camaleón naranja dice que el segundo camino, el del medio, es el bueno, pero como ya está descartado... Finalmente, el camaleón azul afirma que el camino de la izquierda es el bueno, pero como también miente, he deducido que el camino correcto es el tercero, o sea el de la derecha.

Barbazul había superado la primera prueba. El dragón no estaba muy convencido:

–Este pirata es más inteligente de lo que parecía; vamos a la segunda prueba.

La segunda cabeza del dragón fue la encargada de poner la siguiente prueba:

–Tendrás que encontrar la manera de cruzar el río de la isla, un río lleno de seres peligrosos: cocodrilos, serpientes, anacondas... Dispones de unos troncos y de dos tablas, una grande y la otra pequeña. Tendrás que moverlas y utilizarlas de puente para llegar a la otra orilla. No podrás saltar de tronco a tronco, no podrás utilizar más de una tabla a la vez y deberás de tener cuidado para no caer al río. ¡A ver si ahora eres tan listo!

 Inténtalo tú también.

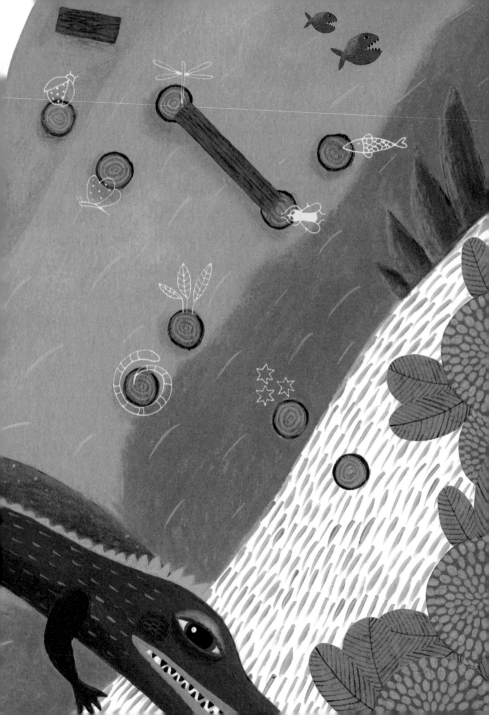

Barbazul estaba dispuesto a llegar hasta el final y quería cruzar el río como fuera. Puso la tabla pequeña entre el tronco de la mariquita y el de la mariposa, a continuación avanzó hasta el segundo tronco; una vez en el segundo tronco situó la tabla de nuevo y la puso entre el tronco de la mariposa y el de la libélula. Cuando llegó a la libélula, se cargó otra vez la tabla pequeña al hombro y pasó por encima de la tabla grande que había allí. Una vez en el tronco de la mosca, tuvo que dejar la tabla pequeña entre este tronco y el del pez para poder agarrar la tabla grande –recuerda que no podía usar más de una tabla a la vez–. Colocó la tabla grande entre el tronco de la mosca y el de las hojas, cargó de nuevo con la pequeña y cruzó por encima de la grande hasta que llegó al tronco de las hojas.

Le faltaba poco y el dragón estaba furioso. Barbazul estaba muy cerca de conseguirlo. Descargó la tabla pequeña entre el tronco de las hojas y el de la serpiente, y colocó la grande entre el de la serpiente y el último tronco. Antes de acercarse a este, agarró la tabla pequeña, anduvo hasta el último tronco y con la tabla pequeña llegó a la otra orilla.

¡Lo había conseguido! Había vencido al dragón por segunda vez. Se iba acercando al tesoro.

–¡Rayos y truenos con este pirata de agua dulce!

–Cree que conseguirá el tesoro.

–Tenemos que ponerle una prueba mucho más difícil.

—Última prueba y última oportunidad: o aciertas o te quedas aquí –rezongó una de las cabezas.

—¿Ves estas seis piedras que hay situadas en forma de triángulo? –preguntó la segunda cabeza del dragón.

—Si consigues cambiar la dirección del triángulo de sentido, o sea, que mire hacia abajo, solamente cambiando tres piedras de lugar, descubrirás donde se esconde el tesoro y será tuyo –concluyó la tercera cabeza.

Barbazul, por el momento, no tocó ninguna piedra; tenía que pensarlo muy bien; tres movimientos eran muy pocos y a simple vista parecía imposible. Estuvo un buen rato pensando y al final dijo:

–**¡Ya lo tengo!**

Musgo se asustó, ya se imaginaba para siempre en aquella isla, pero Barbazul, completamente seguro de sus actos, movió tres piedras y consiguió cambiar el triángulo de sentido.

 ¿Sabes hacerlo tú?

Barbazul agarró las dos piedras de los extremos del renglón de abajo y las puso en el renglón en el que había dos piedras. A continuación, colocó la que había en la punta en la punta de abajo.

Barbazul se dio la vuelta y se colocó mirando en la dirección que señalaba el vértice del triángulo. Allá estaba la roca que aparecía en el mapa y de ella salía una luz potente que casi lo cegó. Como por arte de magia, vio aparecer dentro de la roca el tesoro más buscado por los piratas y corsarios del Caribe: oro, collares, pulseras, perlas, rubíes, piedras preciosas, brillantes, monedas... En su vida nunca había visto algo semejante.

El dragón, sacando fuego por los seis agujeros de sus tres hocicos, empezó a retorcerse, causando un fuerte movimiento de tierra. Estaba furioso y todo se zarandeaba como si se tratara de un terremoto. Era la primera vez en toda la historia de los mares y de los océanos que alguien conseguía vencer al Dragón de las Tres Cabezas.

Barbazul sacó el cofre, se lo cargó al hombro –en el que no estaba sentado Musgo– y rápido y veloz inició el camino de regreso a su bote.

El camino de regreso tampoco fue fácil, tuvo que ir regalando partes del botín para deshacerse de los prisioneros o para pedirles que lo guiaran hacia la salida. El camino resultó tan largo y fueron tantos los hombres que encontró que, cuando llegó a la playa donde tenía el bote, vio que en el cofre solo quedaban unas pocas monedas de oro. Lo había regalado todo a unos hombres avariciosos que nunca saldrían de aquella isla y a los que, por lo tanto, el tesoro no les serviría para nada. Entonces se dio cuenta de que había resultado más interesante la proeza de conseguirlo, que el propio tesoro.

–Qué se le va a hacer– suspiró Barbazul mirando a Musgo–. Mi tesoro es lo que soy y lo que soy capaz de hacer con lo que tengo: un barco, un viejo bote de madera, una caña de pescar, un catalejo, te tengo a ti, Musgo, una cabeza que me sirve para pensar y unas manos que me sirven para trabajar. Esto de ser pirata no va conmigo, por lo que se ve. Continuaré navegando con mi barco porque me gusta el mar, pero nunca más buscaré un tesoro; ya lo tengo.

Y aquí se acaba la historia de un pirata que no necesitaba ser malvado para encontrar tesoros. Con su ingenio supo encontrar el **tesoro más preciado**.

Bambú Primeros lectores

El camino más corto
Sergio Lairla

El beso de la princesa
Fernando Almena

No, no y no
César Fernández García

Los tres deseos
Ricardo Alcántara

El marqués de la Malaventura
Elisa Ramón

Un hogar para Dog
César Fernández García

Monstruo, ¿vas a comerme?
Purificación Menaya

Pequeño Coco
Montse Ganges

Daniel quiere ser detective
Marta Jarque

Daniel tiene un caso
Marta Jarque

Bambú Enigmas

El tesoro de Barbazul
Àngels Navarro

Las ilusiones del mago
Ricardo Alcántara

Bambú Jóvenes lectores

El hada Roberta
Carmen Gil Martínez

Dragón busca princesa
Purificación Menaya

El regalo del río
Jesús Ballaz

La camiseta de Óscar
César Fernández García

El viaje de Doble-P
Fernando Lalana

El regreso de Doble-P
Fernando Lalana

La gran aventura
Jordi Sierra i Fabra

Un megaterio en el cementerio
Fernando Lalana

S.O.S. Rata Rubinata
Estrella Ramón

Los gamopelúsidas
Aura Tazón

El pirata Mala Pata
Miriam Haas

Catalinasss
Marisa López Soria

**¡Ojo! ¡Vranek parece
totalmente inofensivo!**
Christine Nöstlinger

Sir Gadabout
Martyn Beardsley

**Sir Gadabout,
de mal en peor**
Martyn Beardsley